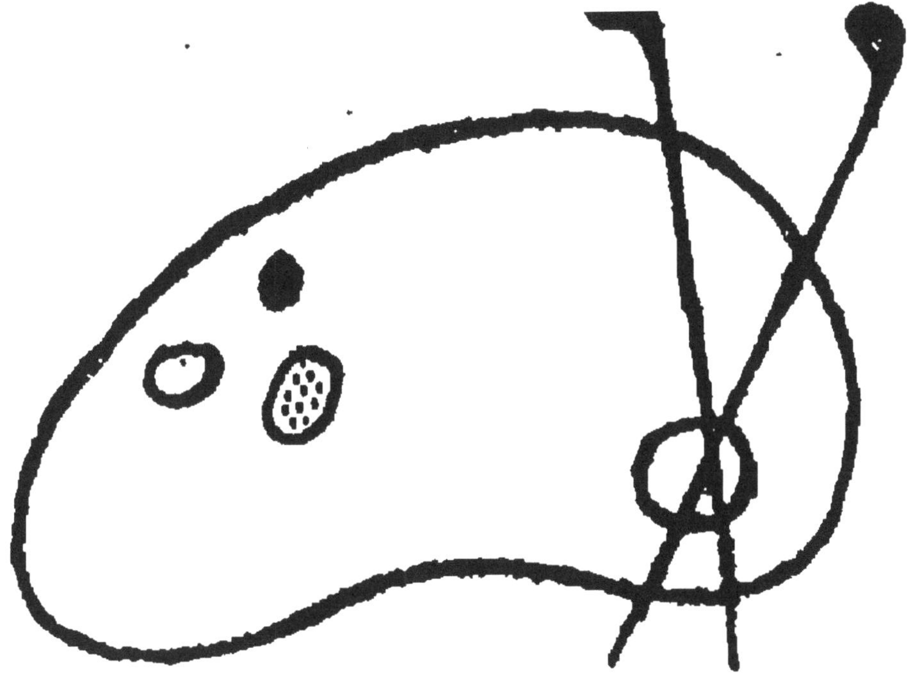

Début d'une série de documents
en couleur

Benjamin Constant et la paix

RÉÉDITION DE L'ESPRIT DE CONQUÊTE

(D'après la 3e Edition publiée à Paris chez Le Normand et chez H. Nicolle, en 1814).

PRÉCÉDÉE D'UNE INTRODUCTION

DE M. D'ESTOURNELLES DE CONSTANT, SÉNATEUR DE LA SARTHE

PARIS
GUSTAVE FICKER, LIBRAIRE-EDITEUR
6, RUE DE SAVOIE.

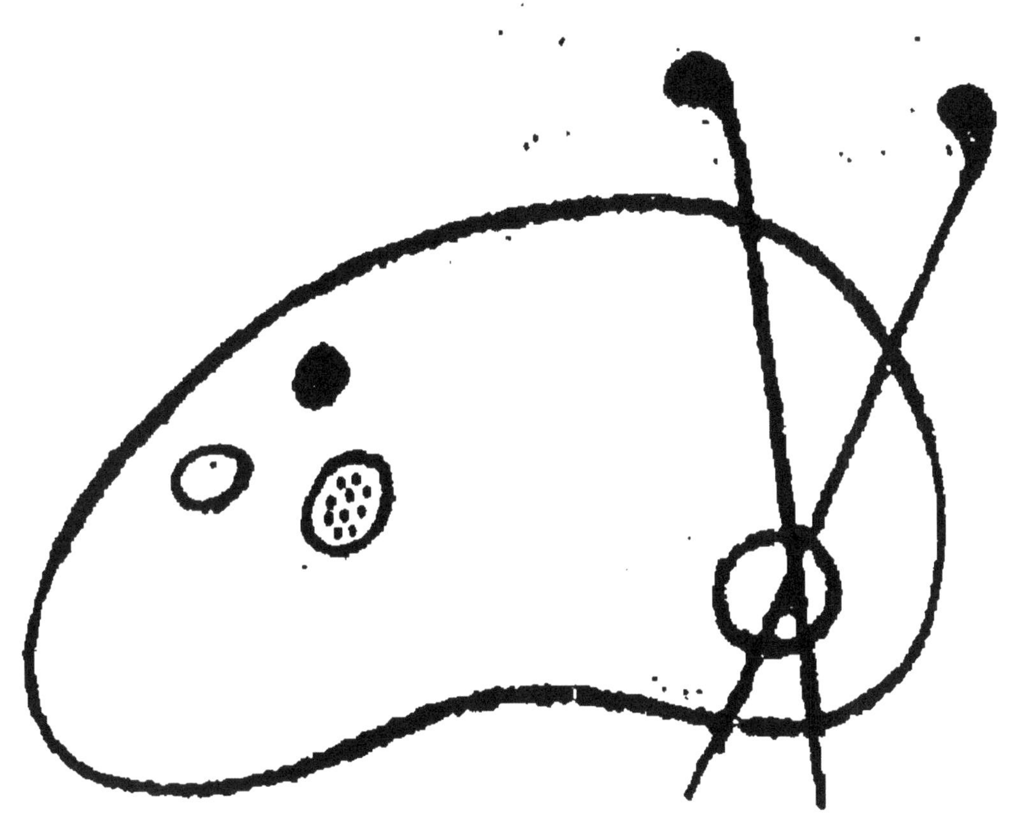

Fin d'une série de documents
en couleur

BENJAMIN CONSTANT (d'après la Sépia de Jacques).

CONCILIATION INTERNATIONALE

Benjamin Constant et la paix

RÉÉDITION DE L'ESPRIT DE CONQUÊTE

(D'après la 3e Édition publiée à Paris chez Le Normand et chez H. Nicolle, en 1814).

PRÉCÉDÉE D'UNE INTRODUCTION

DE M. D'ESTOURNELLES DE CONSTANT, SÉNATEUR DE LA SARTHE

PARIS
GUSTAVE FICKER, LIBRAIRE-EDITEUR
6, RUE DE SAVOIE.

PRÉFACE

*

Les sceptiques se réclament de Benjamin Constant et citent volontiers son mot : « aucun but n'est digne d'aucun effort », pour se dispenser de rien entreprendre et vivre à la remorque des braves gens.

La vérité est que Benjamin a passionnément voulu le bien, passionnément servi la France, servi la justice, servi la liberté, servi la paix ; il a bravé l'exil pendant dix ans pour combattre l'esprit de conquête, pour combattre Napoléon Ier ; il a tout sacrifié, à commencer par son amour-propre, en acceptant de rédiger l'acte additionnel aux constitutions de l'Empire, assez peu sceptique pour croire que le conquérant malheureux pouvait s'amender, assez généreux, en tous cas, pour consentir à l'y aider. Animé d'une foi enthousiaste, dédaigneux de toute prudence personnelle, il a fortement exprimé ses déceptions, sans cesser de continuer ses luttes ; sa clairvoyance aigüe, son indomptable esprit, son indignation n'épargnaient pas plus l'oppression, d'où qu'elle vînt, que ses complices, l'hypocrisie et la sottise ; il se fit ainsi trop d'ennemis. Ses contradicteurs, réduits au silence et à la rancune, se vengèrent en le calomniant de son vivant, en le discréditant après sa mort ; doublement isolé par sa supériorité et par la crainte qu'il inspirait, il fut pour eux au premier rang des morts qu'il faut qu'on tue.[1] Son œuvre n'en a pas moins

(1) Ses détracteurs ont si bien pris leur revanche après sa mort qu'ils ont enterré jusqu'à son monument. Ceci n'est pas assez connu : la reconnaissance populaire avait rendu justice à Benjamin Constant ; le jour de ses obsèques, les gravures du temps représentent la foule dételant les chevaux de son char funèbre pour le conduire elle-même au cimetière. A la chaleur de cet enthousiasme la malveillance parut battre en retraite ; une commission fut constituée pour honorer la mémoire du grand libéral et pour lui consacrer un monument dont le sculpteur Bra exécuta la maquette en plâtre inscrite au catalogue du Salon de 1833. Ce monument aurait été élevé sur une large place choisie à Paris, à Strasbourg

survécu à toutes ces haines; elle ressuscite; enfin sonne pour lui, non pas l'heure d'une revanche dont il avait l'âme trop haute pour se soucier, mais l'heure d'être compris et, par là, pleinement utile et bienfaisant.

Benjamin Constant est plus actuel que jamais. Je suis confus d'avouer que, dans mon existence errante, je n'avais pas lu, avant cette année, parmi les papiers dont j'ai hérité et que j'ai confiés à mon éminent

---

ou au Mans, dans un des trois départements d'élection de Benjamin Constant. Mais ces généreux mouvements furent paralysés par la persistance des rancunes et la crainte de l'influence posthume de Benjamin.

L'indifférence des uns, la mauvaise volonté des autres, empêchèrent le monument d'être érigé; aucune place ne reçut le nom de Constant, à peine un bout de rue, ces temps derniers, près du Père Lachaise, où le minimum de sépulture lui avait été accordé. Seuls de rares esprits reconnurent ce qu'il avait fait pour l'éducation de la France et du monde; c'est en Amérique, en Russie, qu'il laissa des disciples; il fallut, à vrai dire, l'acharnement des attaques qui poursuivirent son œuvre pour empêcher l'oubli de la prescrire. Le même effort qui travailla, de 1830 à 1852, à préparer en France le retour des cendres de Sainte-Hélène et, finalement, le coup d'Etat de Napoléon III, s'appliquait naturellement à détruire jusqu'à la mémoire de l'auteur de « l'Esprit de Conquête ». Il aura fallu Sedan, après Waterloo, près d'un siècle, pour que Benjamin Constant puisse obtenir de l'opinion française la révision des calomnies accréditées comme le jugement de l'Histoire contre lui.

ami G. Rudler [1], son réquisitoire contre l'esprit de conquête. Je l'ignorais même complètement. Mes amis et moi nous avons décidé de le publier comme s'il était inédit, puisqu'il est inconnu. Nous y avons, en effet, constaté que Benjamin a dit tout, — et dans quelle admirable langue ! — tout ce que nous nous efforçons de faire accepter comme des nouveautés hardies. Nouveauté hardie, — bien hardie en effet sous le règne de Napoléon Ier, — en 1813, — sa théorie sur l'incompatibilité du commerce et de la guerre ; « la guerre, dit-il, devient un anachronisme » ; « la tendance générale est vers la paix » ; « le monde de nos jours est précisément, sous ce rapport, l'opposé du monde ancien ». « Tandis que chaque peuple autrefois formait une famille isolée... » « Carthage aurait aujourd'hui tout le monde pour elle » ; « nous sommes arrivés à l'époque du commerce » ; « la gloire militaire n'est plus le but d'une Nation » ; « la guerre n'a plus ni charme ni utilité. » Nouveauté hardie, sa théorie sur le véritable dévouement à la patrie dans la paix, sur la mise en valeur du pays, sur

(1) Voir *La Jeunesse de Benjamin Constant* par G. Rudler, Docteur ès-lettres. 1 vol. in-8°, A. Colin, Paris 1909.

la vertu d'une guerre défensive et sur la honte d'une guerre de conquête ; nouveauté hardie, son anathème contre le vainqueur : « la force, dit-il, est un privilège éphémère » ; « la nation qui prétendrait à un empire universel deviendrait l'objet d'une horreur universelle ; ..... un cri de délivrance, un cri d'union retentirait d'un bout du globe à l'autre. L'agresseur universellement haï n'aurait aucun recours. Ses sujets même seraient des ennemis. Le conquérant verrait alors qu'il a trop présumé de la dégradation du monde.... » Nouveauté hardie cette belle parole : « La vertu prendra sa revanche » ; et celle-ci : « il faut apprendre la civilisation pour régner à une époque civilisée ».

Nous qui aimons la France, nous qui voulons qu'elle soit aimée et non haïe, respectée et non mutilée, libre et non asservie, riche et non ruinée, nous sommes humiliés qu'un Français, dix fois Français, — car il a souffert dans ses ancêtres, exilés comme lui pour avoir vaillamment servi la vérité, — ait pu plaider en pure perte une telle cause, il y a cent ans, et qu'avant lui, comme après lui, tant d'autres grands esprits, soit Montesquieu, soit Kant, soit

Cobden, soit Michelet, n'aient pas beaucoup plus réussi ; et qu'elle ait, en tous cas, besoin encore d'être plaidée dans notre pays, dans tous les pays. Mais patience ; en dépit des difficultés à vaincre, rien ne se perd ; les convictions de nos devanciers se transmettent par une loi mystérieuse d'atavisme ; nous leur obéissons d'instinct, sans même avoir reçu le mot d'ordre ; elles répondent trop bien aux aspirations générales de notre temps pour ne pas triompher de la routine et pour ne pas gagner des partisans chaque jour plus nombreux et plus puissants dans l'ensemble de l'opinion.

D'Estournelles de Constant.

De l'esprit de conquête

CHAPITRE PREMIER

Des vertus compatibles avec la guerre, à certaines époques de l'état social

Plusieurs écrivains, entraînés par l'amour de l'humanité dans de louables exagérations, n'ont envisagé la guerre que sous ses côtés funestes. Je reconnois volontiers ses avantages.

Il n'est pas vrai que la guerre soit toujours un mal. A de certaines époques de l'espèce humaine, elle est dans la nature de l'homme. Elle favorise alors le développement de ses plus belles et de ses plus grandes facultés. Elle lui ouvre un trésor de précieuses jouissances. Elle le forme à la grandeur d'âme, à l'adresse, au sang-froid, au courage, au mépris de la mort, sans lequel il ne peut jamais se répondre qu'il ne commettra pas toutes les lâchetés et bientôt tous les crimes. La guerre lui enseigne des dévouemens héroïques, et lui fait contracter des amitiés sublimes. Elle l'unit de liens plus étroits, d'une part, à sa patrie, et de l'autre, à ses compagnons d'armes. Elle fait succéder à de nobles entreprises de nobles loisirs. Mais tous ces avantages de la guerre tiennent à une condition indispensable, c'est qu'elle soit le résultat naturel de la situation et de l'esprit national des peuples.

Car je ne parle point ici d'une nation attaquée, et qui défend son indépendance. Nul doute que cette nation ne puisse réunir à l'ardeur guerrière les plus hautes vertus : ou plutôt cette ardeur guerrière est elle-même de toutes les vertus la plus haute. Mais il ne s'agit pas alors de la guerre proprement dite, il s'agit de la défense légitime, c'est-à-dire du patriotisme, de l'amour de la justice, de toutes les affections nobles et sacrées.

Un peuple qui, sans être appelé à la défense de ses foyers, est porté par sa situation ou son caractère national à des expéditions belliqueuses et à des conquêtes, peut encore allier à l'esprit guerrier la simplicité des mœurs, le dédain pour le luxe, la générosité, la loyauté, la fidélité aux engagemens, le respect pour l'ennemi courageux, la pitié même, et les ménagemens pour l'ennemi subjugué. Nous voyons, dans l'histoire ancienne et dans les annales du moyen âge, ces qualités briller chez plusieurs nations, dont la guerre faisoit l'occupation presqu'habituelle.

Mais la situation présente des peuples européens permet-elle d'espérer cet amalgame ? L'amour de la guerre est-il dans leur caractère national ? Résulte-t-il de leurs circonstances ?

Si ces deux questions doivent se résoudre négativement, il s'ensuivra que, pour porter de nos jours les nations à la guerre et aux conquêtes, il faudra bouleverser leur situation, ce qui ne se fait jamais sans leur infliger beaucoup de malheurs, et dénaturer leur caractère, ce qui ne se fait jamais sans leur donner beaucoup de vices.

CHAPITRE II

Du caractère des nations modernes relativement à la guerre

Les peuples guerriers de l'antiquité devoient pour la plupart à leur situation leur esprit belliqueux. Divisés en petites peuplades, ils se disputoient à main armée un territoire resserré. Poussés par la nécessité les uns contre les autres, ils se combattoient ou se menaçoient sans cesse. Ceux qui ne vouloient pas être conquérans ne pouvoient néanmoins déposer le glaive sous peine d'être conquis. Tous achetoient leur sûreté, leur indépendance, leur existence entière au prix de la guerre.

Le monde de nos jours est précisément, sous ce rapport, l'opposé du monde ancien.

Tandis que chaque peuple, autrefois, formoit une famille isolée, ennemie née des autres familles, une masse d'hommes existe maintenant, sous différens noms et sous divers modes d'organisation sociale, mais homogène par sa nature. Elle est assez forte pour n'avoir rien à craindre des hordes encore barbares. Elle est assez civilisée pour que la guerre lui soit à charge. Sa tendance uniforme est vers la paix. La tradition belliqueuse, héritage de temps reculés, et surtout les erreurs des gouvernemens, retardent les effets de cette tendance ; mais elle fait chaque jour un progrès de plus. Les chefs des peuples lui rendent hommage ; car ils évitent d'avouer ouvertement l'amour des conquêtes, ou l'espoir d'une gloire acquise uniquement par les armes. Le fils de Philippe n'oseroit plus proposer à ses sujets l'envahissement de l'univers ; et le discours de Pyrrhus à Cynéas sembleroit aujourd'hui le comble de l'insolence ou de la folie.

Un gouvernement qui parleroit de la gloire militaire, comme but, méconnoîtroit ou mépriseroit l'esprit des nations et celui de l'époque. Il se tromperoit d'un millier d'années ; et lors même qu'il réussiroit d'abord, il seroit curieux de voir qui gagneroit cette étrange gageure, de notre siècle ou de ce gouvernement.

Nous sommes arrivés à l'époque du commerce, époque qui doit nécessairement remplacer celle de la guerre, comme celle de la guerre a dû nécessairement la précéder.

La guerre et le commerce ne sont que deux moyens différens d'arriver au même but, celui de posséder ce que l'on désire. Le commerce n'est autre chose qu'un hommage rendu à la force du possesseur par l'aspirant à la possession. C'est une tentative pour obtenir de gré à gré ce qu'on n'espère plus conquérir par la violence. Un homme qui seroit toujours le plus fort n'auroit jamais l'idée du commerce. C'est l'expérience qui, en lui prouvant que la guerre, c'est-à-dire l'emploi de sa force contre la force d'autrui, est exposée à diverses résistances et à divers échecs, le porte à recourir au commerce, c'est-à-dire, à un moyen plus doux et plus sûr d'engager l'intérêt des autres à consentir à ce qui convient à son intérêt.

La guerre est donc antérieure au commerce. L'une est l'impulsion sauvage, l'autre le calcul civilisé. Il est clair que plus la tendance commerciale domine, plus la tendance guerrière doit s'affoiblir.

Le but unique des nations modernes, c'est le repos, avec le repos l'aisance, et comme source de l'aisance, l'industrie. La guerre est chaque jour un moyen plus inefficace d'atteindre ce but. Ses chances n'offrent plus ni aux individus ni aux nations des bénéfices qui égalent les résultats du travail paisible, et des échanges réguliers. Chez les anciens, une guerre heureuse ajoutoit, en esclaves, en tributs, en terres partagées, à la richesse publique et particulière. Chez les modernes, une guerre heureuse coûte infailliblement plus qu'elle ne rapporte.

La République romaine, sans commerce,

sans lettres, sans arts, n'ayant pour occupation intérieure que l'agriculture, restreinte à un sol trop peu étendu pour ses habitants, entourée de peuples barbares, et toujours menacée ou menaçante, suivoit sa destinée en se livrant à des entreprises militaires non interrompues. Un gouvernement qui, de nos jours, voudroit imiter la république romaine, auroit ceci de différent, qu'agissant en opposition avec son peuple, il rendroit ses instrumens tout aussi malheureux que ses victimes; un peuple ainsi gouverné seroit la République romaine, moins la liberté, moins le mouvement national, qui facilite tous les sacrifices, moins l'espoir qu'avoit chaque individu du partage des terres, moins en un mot, toutes les circonstances qui embellissoient aux yeux des Romains ce genre de vie hasardeux et agité.

Le commerce a modifié jusqu'à la nature de la guerre. Les nations mercantiles étoient autrefois toujours subjuguées par les peuples guerriers. Elles leur résistent aujourd'hui avec avantage. Elles ont des auxiliaires au sein de ces peuples mêmes. Les ramifications infinies et compliquées du commerce ont placé l'intérêt des sociétés hors des limites de leur territoire : et l'esprit du siècle l'emporte sur l'esprit étroit et hostile qu'on voudroit parer du nom de patriotisme.

Carthage, luttant avec Rome dans l'antiquité, devoit succomber : elle avoit contre elle la force des choses. Mais si la lutte s'établissoit maintenant entre Rome et Carthage, Carthage auroit pour elle les vœux de l'univers. Elle auroit pour alliés les mœurs actuelles et le génie du monde.

La situation des peuples modernes les empêche donc d'être belliqueux par caractère : et des raisons de détail, mais toujours tirées des progrès de l'espèce humaine, et par conséquent de la différence des époques, viennent se joindre aux causes générales.

La nouvelle manière de combattre, le changement des armes, l'artillerie, ont dépouillé la vie militaire de ce qu'elle avoit de plus attrayant. Il n'y a plus de lutte contre le péril ; il n'y a que de la fatalité. Le courage doit s'empreindre de résignation ou se composer d'insouciance. On ne goûte plus cette jouissance de volonté, d'action, de développement des forces physiques et des facultés morales, qui faisoit aimer aux héros anciens, aux chevaliers du moyen âge, les combats corps à corps.

La guerre a donc perdu son charme, comme son utilité. L'homme n'est plus entraîné à s'y livrer, ni par intérêt, ni par passion.

CHAPITRE III

De l'esprit de conquête dans l'état actuel de l'Europe

Un gouvernement qui voudroit aujourd'hui pousser à la guerre et aux conquêtes un peuple européen, commettroit donc un grossier et funeste anachronisme. Il travailleroit à donner à sa nation une impulsion contraire à la nature. Aucun des motifs qui portoient les hommes d'autrefois à braver tant de périls, à supporter tant de fatigues, n'existant pour les hommes de nos jours, il faudroit leur offrir d'autres motifs, tirés de l'état actuel de la civilisation, il faudroit les animer aux combats par ce même amour des jouissances, qui, laissé à lui-même, ne les disposeroit qu'à la paix. Notre siècle, qui apprécie tout par l'utilité, et qui, lorsqu'on veut le sortir de cette sphère, oppose l'ironie à l'enthousiasme réel ou factice, ne consentiroit pas à se repaître d'une gloire stérile, qu'il n'est plus dans nos habitudes de préférer à toutes les autres. A la place de cette gloire, il faudroit mettre le plaisir, à la place du triomphe, le pillage. L'on frémira, si l'on réfléchit à ce que seroit l'esprit militaire, appuyé sur ces seuls motifs.

Certes, dans le tableau que je vais tracer, il est loin de moi de vouloir faire injure à ces héros, qui, se plaçant avec délices entre la patrie et les périls, ont dans tous les pays, protégé l'indépendance des peuples ; à ces héros qui ont si glorieusement défendu notre belle France. Je ne crains pas d'être mal compris par eux. Il en est plus d'un, dont l'âme, correspondant à la mienne, partage tous mes sentiments, et qui, retrouvant dans ces lignes son opinion secrète, verra dans leur auteur son organe.

CHAPITRE IV

D'une race militaire n'agissant que par intérêt

Les peuples guerriers, que nous avons connus jusqu'ici, étoient tous animés par des motifs plus nobles que les profits réels et positifs de la guerre. La religion se mêloit à l'impulsion belliqueuse des uns. L'orageuse liberté dont jouissoient les autres leur donnoit une activité surabondante, qu'ils avoient besoin d'exercer au-dehors. Ils associoient à l'idée de la victoire celle d'une renommée prolongée bien au-delà de leur existence sur la terre, et combattoient ainsi, non pour l'assouvissement d'une soif ignoble de jouissances présentes et matérielles, mais par un espoir en quelque sorte idéal, et qui exaltoit l'imagination, comme tout ce qui se perd dans l'avenir et le vague.

Il est si vrai, que, même chez les nations qui nous semblent le plus exclusivement occupées de pillage et de rapines, l'acquisition des richesses n'étoit pas le but principal, que nous voyons les héros scandinaves faire brûler sur leurs bûchers tous les trésors conquis durant leur vie, pour forcer les générations qui les remplaçoient à conquérir, par de nouveaux exploits, de nouveaux trésors. La richesse leur étoit donc précieuse comme témoignage éclatant des victoires remportées, plutôt que comme signe représentatif et moyen de jouissances.

Mais si une race purement militaire se formoit actuellement, comme son ardeur ne reposeroit sur aucune conviction, sur aucun sentiment, sur aucune pensée, comme toutes les causes d'exaltation qui, jadis, ennoblissoient le carnage même, lui seroient étrangères, elle n'auroit d'aliment ou de mobile que la plus étroite et la plus âpre personnalité. Elle prendroit la férocité de l'esprit guerrier, mais elle conserveroit le calcul commercial. Ces Vandales ressuscités n'auroient point cette ignorance du luxe, cette simplicité de mœurs, ce dédain de toute action basse, qui pouvoient caractériser leurs grossiers prédécesseurs. Ils réuniroient à la brutalité de la barbarie les raffinements de la mollesse, aux excès de la violence, les ruses de l'avidité.

Des hommes à qui l'on auroit dit bien formellement qu'ils ne se battent que pour piller, des hommes dont on auroit réduit toutes les idées belliqueuses à ce résultat clair et arithmétique, seroient bien différents des guerriers de l'antiquité.

Quatre cent mille égoïstes, bien exercés, bien armés, sauroient que leur destination est de donner ou de recevoir la mort. Ils auroient supputé qu'il valoit mieux se résigner à cette destination que s'y dérober, parce que la tyrannie qui les y condamne est plus forte qu'eux. Ils auroient, pour se consoler, tourné leurs regards vers la récompense qui leur est promise, la dépouille de ceux contre lesquels on les mène. Ils marcheroient en conséquence, avec la résolution de tirer de leurs propres forces le meilleur parti qu'il leur seroit possible. Ils n'auroient ni pitié pour les vaincus, ni respect pour les foibles, parce que les vaincus étant, pour leur malheur, propriétaires de quelque chose, ne paroîtroient à ces vainqueurs qu'un obstacle entre eux et le but proposé. Le calcul auroit tué dans leur âme toutes les émotions naturelles, excepté celles qui naissent de la sensualité. Ils seroient encore émus à la vue d'une femme. Ils ne le seroient pas à la vue d'un vieillard ou d'un enfant. Ce qu'ils auroient de connoissances pratiques leur serviroit à mieux rédiger leurs arrêts de massacre ou de spoliation. L'habitude des formes légales donneroit à leurs injustices l'impassibilité de la loi. L'habitude des formes sociales répandroit sur leurs cruautés un vernis d'insouciance et de légèreté qu'ils croi-roient de l'élégance. Ils parcourroient ainsi le monde, tournant les progrès de la civilisation contre elle-même, tout entiers à leur intérêt, prenant le meurtre pour moyen, la débauche pour passe-temps, la dérision pour gaîté, le pillage pour but ; séparés par un abîme moral du reste de l'espèce humaine, et n'étant unis entre eux que comme les animaux féroces qui se jettent rassemblés sur les troupeaux.

Tels ils seroient dans leurs succès, que seroient-ils dans leurs revers ?

Comme ils n'auroient eu qu'un but à atteindre, et non pas une cause à défendre, le but manqué, aucune conscience ne les soutiendroit. Ils ne se rattacheroient à aucune opinion, ils ne tiendroient l'un à l'autre que par une nécessité physique, dont chacun même chercheroit à s'affranchir.

Il faut aux hommes, pour qu'ils s'associent réciproquement à leurs destinées, autre chose que l'intérêt. Il leur faut une opinion ; il leur faut de la morale. L'intérêt tend à les isoler, parce qu'il offre à chacun la chance d'être seul plus heureux ou plus habile.

L'égoïsme qui, dans la prospérité, auroit rendu ces conquérans de la terre impitoyables pour leurs ennemis, les rendroit, dans l'adversité, indifférens, infidèles à leurs frères d'armes. Cet esprit pénétreroit dans tous les rangs, depuis le plus élevé jusqu'au plus obscur. Chacun verroit, dans son camarade à l'agonie, un dédommagement au pillage devenu impossible contre l'étranger ; le malade dépouilleroit le mourant ; le fuyard dépouilleroit le malade. L'infirme et le blessé paroîtroient à l'officier chargé de leur sort un poids importun dont il se débarrasseroit à tout prix ; et quand le général auroit précipité son armée dans quelque situation sans remède, il ne se croiroit tenu à rien envers les infortunés qu'il auroit conduits dans le gouffre ; il ne resteroit point avec eux pour les sauver. La désertion lui sembleroit un mode tout simple d'échapper aux revers ou de réparer les fautes. Qu'importe qu'il les ait guidés, qu'ils se soient reposés sur sa parole, qu'ils lui aient confié leur vie, qu'ils l'aient défendu jusqu'au dernier moment, de leurs mains mourantes ? Instrumens inutiles, ne faut-il pas qu'ils soient brisés ?

Sans doute ces conséquences de l'esprit militaire fondé sur des motifs purement intéressés ne pourroient se manifester dans leur terrible étendue chez aucun peuple moderne, à moins que le système conquérant ne se prolongeât durant plusieurs générations. Grâces au ciel, les Français, malgré tous les efforts de leur chef, sont restés et resteront toujours loin du terme vers lequel il les entraîne. Les vertus paisibles, que notre civilisation nourrit et développe, luttent encore victorieusement contre la corruption et les vices que la fureur des conquêtes appelle et qui lui sont nécessaires. Nos armées donnent des preuves d'humanité comme de bravoure, et se concilient souvent l'affection des peuples qu'aujourd'hui par la faute d'un seul homme, elles sont réduites à repousser, tandis qu'autrefois elles étoient forcées à les vaincre. Mais c'est l'esprit national, c'est l'esprit du siècle qui résiste au gouvernement. Si ce gouvernement subsiste, les vertus qui survivront aux efforts de l'autorité seront une sorte d'indiscipline. L'intérêt étant le mot d'ordre, tout sentiment désintéressé tiendra de l'insubordination : et plus ce régime terrible se prolongera, plus ces vertus s'affoibliront et deviendront rares.

CHAPITRE V

Autre cause de détérioration pour la classe militaire, dans le système de conquête

On a remarqué souvent que les joueurs étoient les plus immoraux des hommes. C'est qu'ils risquent chaque jour tout ce qu'ils possèdent ; il n'y a pour eux nul avenir assuré ; ils vivent et s'agitent sous l'empire du hasard.

Dans le système de conquête, le soldat devient un joueur, avec cette différence que son enjeu, c'est sa vie. Mais cet enjeu ne peut être retiré. Il l'expose sans cesse et sans terme à une chance qui doit tôt ou tard être contraire. Il n'y a donc pas non plus d'avenir pour lui. Le hasard est aussi son maître aveugle et impitoyable.

Or, la morale a besoin du temps. C'est là qu'elle place ses dédommagemens et ses récompenses. Pour celui qui vit de minute en minute, ou de bataille en bataille, le temps n'existe pas. Les dédommagemens de l'avenir deviennent chimériques. Le plaisir du moment a seul quelque certitude : et pour me servir d'une expression qui devient ici doublement convenable, chaque jouissance est autant de gagné sur l'ennemi. Qui ne sent que l'habitude de cette loterie de plaisir et de mort est nécessairement corruptrice ?

Observez la différence qui existe toujours entre la défense légitime et le système des conquêtes. Cette différence se reproduira souvent encore. Le soldat qui combat pour sa patrie ne fait que traverser le danger. Il a pour perspective ultérieure le repos, la liberté, la gloire. Il a donc un avenir : et sa moralité, loin de se dépraver, s'ennoblit et s'exalte. Mais l'instrument d'un conquérant insatiable voit après une guerre une autre guerre, après un pays dévasté, un autre pays à dévaster de même, c'est-à-dire après le hasard, le hasard encore.

CHAPITRE VI

Influence de cet esprit militaire sur l'état intérieur des peuples.

Il ne suffit pas d'envisager l'influence du système de conquête, dans son action sur l'armée et dans les rapports qu'il établit entre elle et les étrangers. Il faut le considérer encore dans ceux qui en résultent, entre l'armée et les citoyens.

Un esprit de corps exclusif et hostile s'empare toujours des associations qui ont un autre but que le reste des hommes. Malgré la douceur et la pureté du christianisme, souvent les confédérations de ses prêtres ont formé dans l'Etat des Etats à part. Partout les hommes réunis en corps d'armée, se séparent de la nation. Ils contractent pour l'emploi de la force, dont ils sont dépositaires, une sorte de respect. Leurs mœurs et leurs idées deviennent subversives de ces principes d'ordre et de liberté pacifique et régulière, que tous les gouvernements ont l'intérêt, comme le devoir, de consacrer.

Il n'est donc pas indifférent de créer dans

un pays, par un système de guerres prolongées ou renouvelées sans cesse, une masse nombreuse, imbue exclusivement de l'esprit militaire. Car cet inconvénient ne peut se restreindre dans de certaines limites, qui en rendent l'importance moins sensible. L'armée, distincte du peuple par son esprit, se confond avec lui dans l'administration des affaires.

Un gouvernement conquérant est plus intéressé qu'un autre à récompenser par du pouvoir et par des honneurs ses instruments immédiats. Il ne sauroit les tenir dans un camp retranché. Il faut qu'il les décore au contraire des pompes et des dignités civiles.

Mais ces guerriers déposeront-ils avec le fer qui les couvre l'esprit dont les a pénétrés dès leur enfance l'habitude des périls ? Revêtiront-ils avec la toge, la vénération pour les lois, les ménagements pour les formes protectrices, ces divinités des associations humaines ? La classe désarmée leur paroît un ignoble vulgaire, les lois des subtilités inutiles, les formes d'insupportables lenteurs. Ils estiment par dessus tout, dans les transactions comme dans les faits guerriers, la rapidité des évolutions. L'unanimité leur semble nécessaire dans les opinions, comme le même uniforme dans les troupes. L'opposition leur est un désordre, le raisonnement une révolte, les tribunaux des conseils de guerre, les juges des soldats qui ont leur consigne, les accusés des ennemis, les jugements des batailles.

Ceci n'est point une exagération fantastique. N'avons-nous pas vu, durant ces vingt dernières années, s'introduire dans presque toute l'Europe une justice militaire, dont le premier principe étoit d'abréger les formes, comme si toute abréviation des formes n'étoit pas le plus révoltant sophisme : car si les formes sont inutiles, tous les tribunaux doivent les bannir ; si elles sont nécessaires, tous doivent les respecter ; et certes, plus l'accusation est grave, moins l'examen est superflu. N'avons-nous pas vu siéger sans cesse, parmi les juges, des hommes dont le vêtement seul annonçoit qu'ils étoient voués à l'obéissance, et ne pouvoient en conséquence être des juges indépendans ?

Nos neveux ne croiront pas, s'ils ont quelque sentiment de la dignité humaine, qu'il fut un temps où des hommes illustres sans doute par d'immortels exploits, mais nourris sous la tente, et ignorans de la vie civile, interrogeoient des prévenus qu'ils étoient incapables de comprendre, condamnoient sans appel des citoyens qu'ils n'avaient pas le droit de juger. Nos neveux ne croiront pas, s'ils ne sont le plus avili des peuples, qu'on ait fait comparoître devant des tribunaux militaires des législateurs, des écrivains, des accusés de délits politiques, donnant ainsi, par une dérision féroce, pour juge à l'opinion et à la pensée, le courage sans lumière et la soumission sans intelligence. Ils ne croiront pas non plus qu'on ait imposé à des guerriers revenant de la victoire, couvert de lauriers que rien n'avoit flétris, l'horrible tâche de se transformer en bourreaux, de poursuivre, de saisir, d'égorger des concitoyens, dont les noms, comme les crimes, leur étoient inconnus. Non, tel ne fut jamais, s'écrieront-ils, le prix des exploits, la pompe triomphale ! Non, ce n'est pas ainsi que les défenseurs de la France reparoissoient dans leur patrie, et saluoient le sol natal !

La faute, certes, n'en étoit pas à ces défenseurs. Mille fois je les ai vus gémir de leur triste obéissance. J'aime à le répéter, leurs vertus résistent, plus que la nature humaine ne permet de l'espérer, à l'influence du système guerrier et à l'action d'un gouvernement qui veut les corrompre. Ce gouvernement seul est coupable, et nos armées ont seules le mérite de tout le mal qu'elles ne font pas.

CHAPITRE VII

Autre inconvénient de la formation d'un tel esprit militaire

Enfin, par une triste réaction, cette portion du peuple que le gouvernement auroit forcée à contracter l'esprit militaire, contraindroit à son tour le gouvernement de persister dans le système pour lequel il auroit pris tant de soin de la former.

Une armée nombreuse, fière de ses succès, accoutumée au pillage, n'est pas un instrument qu'il soit aisé de manier. Nous ne parlons pas seulement des dangers dont il menace les peuples qui ont des constitutions populaires. L'histoire est trop pleine d'exemples qu'il est superflu de citer.

Tantôt les soldats d'une république illustrée par six siècles de victoires, entourés de monumens élevés à la liberté par vingt générations de héros, foulant aux pieds la cendre des Cincinnatus et des Camille, marchent sous les ordres de César, pour profaner les tombeaux de leurs ancêtres, et pour asservir la ville éternelle. Tantôt les légions anglaises s'élancent avec Cromwell sur un parlement qui luttoit encore contre les fers qu'on lui destinoit, et les crimes dont on vouloit le rendre l'organe, et livrent à l'usurpateur hypocrite, d'une part le roi, de l'autre la république.

Mais les gouvernemens absolus n'ont pas moins à craindre de cette force toujours menaçante. Si elle est terrible contre les étrangers et contre le peuple au nom de son chef, elle peut devenir à chaque instant terrible à ce chef même. Ainsi ces formidables colosses, que des nations barbares plaçoient en tête de leurs armées pour les diriger sur leurs ennemis, reculoient tout à coup, frappés d'épouvante ou saisis de fureur, et méconnoissant la voix de leurs maîtres, écrasoient ou dispersoient les bataillons qui attendoient d'eux leur salut et leur triomphe.

Il faut donc occuper cette armée, inquiète dans son désœuvrement redoutable : il faut la tenir éloignée ; il faut lui trouver des adversaires. Le système guerrier, indépendamment des guerres présentes, contient le germe des guerres futures : et le souverain, qui est entré dans cette route, entraîné qu'il est par la fatalité qu'il a évoquée, ne peut redevenir pacifique à aucune époque.

CHAPITRE VIII

Action d'un gouvernement conquérant sur la masse de la nation

J'ai montré, ce me semble, qu'un gouvernement, livré à l'esprit d'envahissement et de conquête, devroit corrompre une portion du peuple, pour qu'elle le servît activement dans ses entreprises. Je vais prouver actuellement, que, tandis qu'il dépraveroit cette portion choisie, il faudroit qu'il agît sur le reste de la nation dont il réclameroit l'obéissance passive et les sacrifices, de manière à troubler sa raison, à fausser son jugement, à bouleverser toutes ses idées.

Quand un peuple est naturellement belliqueux, l'autorité qui le domine n'a pas besoin de le tromper, pour l'entraîner à la guerre. Attila montroit du doigt à ses Huns, la partie du monde sur laquelle ils devoient fondre, et ils y couroient, parce qu'Attila n'étoit que l'organe et le représentant de leur impulsion. Mais de nos jours, la guerre ne procurant aux peuples aucun avantage, et n'étant pour eux qu'une source de privations et de souffrances, l'apologie du système des conquêtes ne pourroit reposer que sur le sophisme et l'imposture.

Tout en s'abandonnant à ses projets gigantesques, le gouvernement n'oseroit dire à sa nation : Marchons à la conquête du Monde. Elle lui répondroit d'une voix unanime : Nous ne voulons pas la conquête du Monde.

Mais il parleroit de l'indépendance nationale, de l'honneur national, de l'arrondissement des frontières, des intérêts commerciaux, des précautions dictées par la prévoyance ; que sais-je encore ? car il est inépuisable, le vocabulaire de l'hypocrisie et de l'injustice.

Il parleroit de l'indépendance nationale, comme si l'indépendance d'une nation étoit compromise, parce que d'autres nations sont indépendantes.

Il parleroit de l'honneur national, comme si l'honneur national étoit blessé, parce que d'autres nations conservent leur honneur.

Il allégueroit la nécessité de l'arrondissement des frontières, comme si cette doctrine, une fois admise, ne bannissoit pas de la terre tout repos et toute équité. Car c'est toujours en dehors qu'un gouvernement veut arrondir ses frontières. Aucun n'a sacrifié, que l'on sache, une portion de son territoire pour donner au reste une plus grande régularité géométrique. Ainsi l'arrondissement des frontières est un système dont la base se détruit par elle-même, dont les élémens se combattent, et dont l'exécution, ne reposant que sur la spoliation des plus foibles, rend illégitime la possession des plus forts.

Ce gouvernement invoqueroit les intérêts du commerce, comme si c'étoit servir le commerce que dépeupler un pays de sa jeunesse la plus florissante, arracher les bras les plus nécessaires à l'agriculture, aux manufactures, à l'industrie [1], élever entre les autres peuples et soi des barrières arrosées de sang. Le commerce s'appuie sur la bonne intelligence des nations entr'elles ; il ne se soutient que par la justice ; il se fonde sur l'égalité ; il prospère dans le repos ; et ce seroit pour l'intérêt du commerce qu'un gouvernement rallumeroit sans cesse des guerres acharnées, qu'il appelleroit sur la tête de son peuple une haine universelle, qu'il marcheroit d'injustice en injustice, qu'il ébranleroit chaque jour le crédit par des violences, qu'il ne voudroit point tolérer d'égaux.

Sous le prétexte des précautions dictées par la prévoyance, ce gouvernement attaqueroit ses voisins les plus paisibles, ses plus humbles alliés, en leur supposant des projets hostiles, et comme devançant des agressions

(1) La guerre coûte plus que ses frais, dit un écrivain judicieux : elle coûte tout ce qu'elle empêche de gagner. SAY *Econ. polit.* V 8.

méditées. Si les malheureux objets de ses calomnies étoient facilement subjugués, il se vanteroit de les avoir prévenus : s'ils avoient le temps et la force de lui résister, vous le voyez, s'écrieroit-il, ils vouloient la guerre, puisqu'ils se défendent [1].

Que l'on ne croie pas que cette conduite fut le résultat accidentel d'une perversité particulière : elle seroit le résultat nécessaire de la position. Toute autorité qui voudroit entreprendre aujourd'hui des conquêtes étendues, seroit condamnée à cette série de prétextes vains et de scandaleux mensonges. Elle seroit coupable assurément, et nous ne chercherons pas à diminuer son crime ; mais ce crime ne consisteroit point dans les moyens employés :

---

(1) L'on avoit inventé, durant la révolution française, un prétexte de guerre inconnu jusques alors, celui de délivrer les peuples du joug de leurs gouvernemens, qu'on supposoit illégitimes et tyranniques. Avec ce prétexte on a porté la mort chez des hommes, dont les uns vivoient tranquilles sous des institutions adoucies par le temps et l'habitude, et dont les autres jouissoient, depuis plusieurs siècles, de tous les bienfaits de la liberté : époque à jamais honteuse où l'on vit un gouvernement perfide graver des mots sacrés sur ses étendards coupables, troubler la paix, violer l'indépendance, détruire la prospérité de ses voisins innocens, en ajoutant au scandale de l'Europe par des protestations mensongères de respect pour les droits des hommes, et de zèle pour l'humanité ! La pire des conquêtes, c'est l'hypocrite, dit Machiavel, comme s'il avoit prédit notre histoire.

il consisteroit dans le choix volontaire de la situation qui commande de pareils moyens.

L'autorité auroit donc à faire, sur les facultés intellectuelles de la masse de ses sujets, le même travail que sur les qualités morales de la portion militaire. Elle devroit s'efforcer de bannir toute logique de l'esprit des uns, comme elle auroit tâché d'étouffer toute humanité dans le cœur des autres : tous les mots perdroient leur sens ; celui de modération présageroit la violence ; celui de justice annonceroit l'iniquité. Le droit des nations deviendroit un code d'expropriation et de barbarie : toutes les notions que les lumières de plusieurs siècles ont introduites dans les relations des sociétés, comme dans celle des individus, en seroient de nouveau repoussées. Le genre humain reculeroit vers ces temps de dévastation, qui nous sembloient l'opprobre de l'histoire. L'hypocrisie seule en feroit la différence ; et cette hypocrisie seroit d'autant plus corruptrice que personne n'y croiroit. Car les mensonges de l'autorité ne sont pas seulement funestes quand ils égarent et trompent les peuples ; ils ne le sont pas moins quand ils ne les trompent pas.

Des sujets qui soupçonnent leurs maîtres de duplicité et de perfidie, se forment à la perfidie et à la duplicité : celui qui entend nommer le chef qui le gouverne, un grand politique, parce que chaque ligne qu'il publie est une imposture, veut être à son tour un grand politique, dans une sphère plus subalterne ; la vérité lui semble niaiserie, la fraude habileté. Il ne mentoit jadis que par intérêt : il mentira désormais par intérêt et par amour-propre. Il aura la fatuité de la fourberie ; et si cette contagion gagne un peuple essentiellement imitateur, un peuple où chacun craigne par-dessus tout de passer pour dupe, la morale privée tardera-t-elle à être engloutie dans le naufrage de la morale publique ?

CHAPITRE IX

Des moyens de contrainte nécessaires pour suppléer à l'efficacité du mensonge

Supposons que néanmoins quelques débris de raisons surnagent, ce sera, sous d'autres rapports, un malheur de plus.

Il faudra que la contrainte supplée à l'insuffisance du sophisme. Chacun cherchant à se dérober à l'obligation de verser son sang dans des expéditions dont on n'aura pu lui prouver l'utilité, il faudra que l'autorité soudoye une foule avide destinée à briser l'opposition générale. On verra l'espionnage et la délation, ces éternelles ressources de la force, quand elle a créé des devoirs et des délits factices, encouragées et récompensées ; des sbires lâchés, comme des dogues féroces, dans les cités et dans les campagnes, pour poursuivre et pour enchaîner des fugitifs innocens, aux yeux de la morale et de la nature, une classe se préparant à tous les crimes, en s'accoutumant à violer les lois ; une autre classe se familiarisant avec l'infamie, en vivant du malheur de ses semblables ; les pères punis pour les fautes des enfans ; l'intérêt des enfans séparé ainsi de celui des pères ; les familles n'ayant que le choix de se réunir pour la résistance, ou de se diviser pour la trahison ; l'amour paternel transformé en attentat, la tendresse filiale traitée de révolte ; et toutes ces vexations auront lieu, non pour une défense légitime, mais pour l'acquisition de pays éloignés, dont la possession n'ajoute rien à la prospérité nationale, à moins qu'on n'appelle prospérité nationale le vain renom de quelques hommes et leur funeste célébrité !

Soyons justes pourtant. On offre des consolations à ces victimes, destinées à combattre et à périr aux extrémités de la terre. Regardez-les, elles chancellent en suivant leurs guides. On les a plongées dans un état d'ivresse qui leur inspire une gaieté grossière et forcée. Les airs sont frappés de leurs clameurs bruyantes : les hameaux retentissent de leurs chants licencieux. Cette ivresse, ces clameurs, cette licence, qui le croiroit ? c'est le chef-d'œuvre de leurs magistrats !

Etrange renversement produit, dans l'action de l'autorité, par le système des conquêtes ! Durant vingt années, vous avez recommandé à ces mêmes hommes la sobriété, l'attachement à leurs familles, l'assiduité dans leurs travaux ; mais il faut envahir le Monde ! On les saisit, on les entraîne, on les excite au mépris des vertus qu'on leur avoit longtemps inculquées. On les étourdit par l'intempérance, on les ranime par la débauche : c'est ce qu'on appelle raviver l'esprit public.

CHAPITRE X

Autres inconvénients du système guerrier pour les lumières et la classe instruite

Nous n'avons pas encore achevé l'énumération qui nous occupe. Les maux que nous avons décrits, quelque terribles qu'ils nous paroissent, ne péseroient pas seuls sur la nation misérable ; d'autres s'y joindroient, moins frappans peut-être à leur origine, mais plus irréparables, puisqu'ils flétriroient dans leur germe les espérances de l'avenir.

A certains périodes de la vie, les interruptions à l'exercice des facultés intellectuelles ne se réparent pas. Les habitudes hasardeuses, insouciantes et grossières de l'état guerrier, la rupture soudaine de toutes les relations domestiques, une dépendance mécanique quand l'ennemi n'est pas en présence, une indépendance complète sous le rapport des mœurs, à l'âge où les passions sont dans leur fermentation la plus active, ce ne sont pas là des choses indifférentes pour la morale ou pour les lumières. Condamner, sans une nécessité absolue, à l'habitation des camps ou des casernes les jeunes rejetons de la classe éclairée, dans laquelle résident, comme un dépôt précieux, l'instruction, la délicatesse, la justesse des idées, et cette tradition de douceur, de noblesse et d'élégance qui seule nous distingue des barbares, c'est faire à la nation toute entière un mal que ne compensent ni ses vains succès, ni la terreur qu'elle inspire, terreur qui n'est pour elle d'aucun avantage.

Vouer au métier de soldat le fils du commerçant, de l'artiste, du magistrat, le jeune homme qui se consacre aux lettres, aux sciences, à l'exercice de quelque industrie difficile et compliquée, c'est lui dérober tout le fruit de son éducation antérieure. Cette éducation même se ressentira de la perspective d'une interruption inévitable. Si les rêves brillans de la gloire militaire enivrent l'imagination de la jeunesse, elle dédaignera les études paisibles, les occupations sédentaires, le travail d'attention, contraire à ses goûts et à la mobilité de ses facultés naissantes. Si c'est avec douleur qu'elle se voit arrachée à ses foyers, si elle calcule combien le sacrifice de plusieurs années apportera de retard à ses progrès, elle désespérera d'elle-même ; elle ne voudra pas se consumer en efforts dont une main de fer lui déroberoit le fruit. Elle se dira que, puisque l'autorité lui dispute le temps nécessaire à son perfectionnement intellectuel, il est inutile de lutter contre la force. Ainsi la nation tombera dans une dégradation morale, et dans une ignorance toujours croissante. Elle s'abrutira au milieu des victoires, et, sous ses lauriers même, elle sera poursuivie du sentiment qu'elle suit une fausse route, et qu'elle manque sa destination (1).

Tous nos raisonnemens, sans doute ne sont applicables que lorsqu'il s'agit de guerres inutiles et gratuites. Aucune considération ne peut entrer en balance avec la nécessité de repousser un agresseur. Alors toutes les classes doivent accourir, puisque toutes sont également menacées. Mais leur motif n'étant pas un ignoble pillage, elles ne se corrompent point. Leur zèle s'appuyant sur la conviction, la contrainte devient superflue. L'interruption qu'éprouvent les occupations sociales, motivée qu'elle est sur les obligations les plus saintes, et les intérêts les plus chers, n'a pas les mêmes effets que des interruptions arbitraires. Le peuple en voit le terme ; il s'y soumet avec joie, comme à un moyen de rentrer dans un état de repos ; et quand il y rentre, c'est avec

---

(1) Il y avoit, en France, sous la monarchie, soixante mille hommes de milice. L'engagement étoit de six ans. Ainsi le sort tomboit chaque année sur dix mille hommes. M. Necker appelle la milice une effrayante loterie. Qu'auroit-il dit de la conscription ?

une jeunesse nouvelle, avec des facultés ennoblies, avec le sentiment d'une force utilement et dignement employée.

Mais autre chose est défendre sa patrie ; autre chose attaquer des peuples qui ont aussi une patrie à défendre. L'esprit de conquête cherche à confondre ces deux idées. Certains gouvernemens, quand ils envoient leurs légions d'un pôle à l'autre, parlent encore de la défense de leurs foyers ; on diroit qu'ils appellent leurs foyers tous les endroits où ils ont mis le feu.

CHAPITRE XI

Point de vue sous lequel une nation conquérante envisageroit aujourd'hui ses propres succès

Passons maintenant aux résultats extérieurs du système des conquêtes.

Il est probable que la même disposition des modernes, qui leur fait préférer la paix à la guerre, donneroit dans l'origine de grands avantages au peuple forcé par son gouvernement à devenir agresseur. Des nations, absorbées dans leurs jouissances, seroient lentes à résister : elles abandonneroient une portion de leurs droits pour conserver le reste ; elles espéreroient sauver leur repos, en transigeant de leur liberté. Par une combinaison fort étrange, plus l'esprit général seroit pacifique, plus l'Etat, qui se mettroit en lutte avec cet esprit trouveroit d'abord des succès faciles.

Mais quelles seroient les conséquences de ces succès, même pour la nation conquérante ? N'ayant aucun accroissement de bonheur réel à en attendre, en ressentiroit-elle au moins quelque satisfaction d'amour propre ? Réclameroit-elle sa part de gloire ?

Bien loin de là. Telle est à présent la répugnance pour les conquêtes, que chacun éprouveroit l'impérieux besoin de s'en disculper. Il y auroit une protestation universelle, qui n'en seroit pas moins énergique pour être muette. Le gouvernement verroit la masse de ses sujets se tenir à l'écart, morne spectatrice. On n'entendroit dans tout l'empire qu'un long monologue du pouvoir. Tout au plus ce monologue seroit-il dialogué de temps en temps, parce que des interlocuteurs serviles répéteroient au maître les discours qu'il aurait dictés. Mais les gouvernés cesseroient de prêter l'oreille à de fastidieuses harangues, qu'il ne leur seroit jamais permis d'interrompre. Ils détourneroient leurs regards d'un vain étalage dont ils ne suppporteraient que les frais et les périls, et dont l'intention seroit contraire à leur vœu.

L'on s'étonne de ce que les entreprises les plus merveilleuses ne produisent de nos jours aucune sensation. C'est que le bon sens des peuples les avertit que ce n'est point pour eux que l'on fait ces choses. Comme les chefs y trouvent seuls du plaisir, on les charge seuls de la récompense. L'intérêt aux victoires se concentre dans l'autorité et ses créatures. Une barrière morale s'élève entre le pouvoir agité et la foule immobile. Le succès n'est qu'un météore qui ne vivifie rien sur son passage. A peine lève-t-on la tête pour le contempler un instant. Quelquefois même on s'en afflige, comme d'un encouragement donné au délire. On verse des larmes sur les victimes, mais on désire les échecs.

Dans les temps belliqueux, l'on admiroit par-dessus tout le génie militaire. Dans nos temps pacifiques, ce que l'on implore c'est de la modération et de la justice. Quand un gouvernement nous prodigue de grands spectacles et de l'héroïsme, et des créations, et des destructions sans nombre, on seroit tenté de lui répondre :

Le moindre grain de mil seroit mieux notre affaire (1) ;

et les plus éclatants prodiges, et leurs pompeuses célébrations ne sont que des cérémonies funéraires où l'on forme des danses sur des tombeaux.

(1) La Fontaine.

CHAPITRE XII

Effet de ces succès sur les peuples conquis

« Le droit des gens des Romains, dit Mon-« tesquieu, consistoit à exterminer les citoyens « de la nation vaincue. Le droit des gens que « nous suivons aujourd'hui, fait qu'un état « qui en a conquis un autre, continue à le « gouverner selon ses lois, et ne prend pour « lui que l'exercice du gouvernement politique « et civil [1]. »

Je n'examine pas jusqu'à quel point cette assertion est exacte. Il y a certainement beaucoup d'exceptions à faire, pour ce qui regarde l'antiquité.

Nous voyons souvent que des nations subju-

(1) Pour qu'on ne m'accuse pas de citer faux, je transcris tout le paragraphe. « Un État, qui en a conquis un « autre, le traite d'une des quatre manières suivantes. Il « continue à le gouverner selon ses lois, et ne prend « pour lui que l'exercice du gouvernement politique et « civil ; ou il lui donne un nouveau gouvernement poli-« tique et civil ; ou il détruit la société et la disperse « dans d'autres ; ou enfin il extermine tous les citoyens. « La première manière est conforme au droit des gens « que nous suivons aujourd'hui : la quatrième est plus « conforme au droit des gens des Romains. » *Esprit des Lois*, liv. X, ch. 3.

guées ont continué à jouir de toutes les formes de leur administration précédente et de leurs anciennes lois. La religion des vaincus étoit scrupuleusement respectée. Le polythéisme, qui recommandoit l'adoration des dieux étrangers, inspiroit des ménagemens pour tous les cultes. Le sacerdoce égyptien conserva sa puissance sous les Perses. L'exemple de Cambyse qui étoit en démence ne doit pas être cité : mais Darius, ayant voulu placer dans un temple sa statue devant celle de Sésostris, le grand-prêtre s'y opposa, et le monarque n'osa lui faire violence. Les Romains laissèrent aux habitans de la plupart des contrées soumises leurs autorités municipales et n'intervinrent dans la religion gauloise que pour abolir les sacrifices humains.

Nous conviendrons cependant que les effets de la conquête étoient devenus très doux depuis quelques siècles, et sont restés tels jusqu'à la fin du dix-huitième. C'est que l'esprit de conquête avoit cessé. Celles de Louis XIV lui-même étoient plutôt une suite des prétentions et de l'arrogance d'un monarque orgueilleux que d'un véritable esprit conquérant. Mais l'esprit de conquête est ressorti des orages de la révolution française plus impétueux que jamais. Les effets des conquêtes ne sont donc plus ce qu'ils étoient du temps de M. de Montesquieu.

Il est vrai, l'on ne réduit pas les vaincus en esclavage, on ne les dépouille pas de la propriété de leurs terres, et on ne les condamne point à les cultiver pour d'autres, on ne les déclare pas une race subordonnée appartenant aux vainqueurs.

Leur situation paroît donc encore à l'extérieur plus tolérable qu'autrefois. Quand l'orage est passé, tout semble rentrer dans l'ordre. Les cités sont debout : les marchés se repeuplent : les boutiques se rouvrent ; et, sauf le pillage accidentel, qui est un malheur de la circonstance, sauf l'insolence habituelle, qui est un droit de la victoire, sauf les contributions, qui, méthodiquement imposées, prennent une douce apparence de régularité, et qui cessent, ou doivent cesser, lorsque la conquête est accomplie, on diroit d'abord qu'il n'y a de changé que les noms et quelques formes. Entrons néanmoins plus profondément dans la question.

La conquête, chez les anciens, détruisoit souvent les nations entières ; mais quand elle ne les détruisoit pas, elle laissoit intacts tous les objets de l'attachement le plus vif des hommes, leurs mœurs, leurs lois, leurs usages, leurs dieux. Il n'en est pas de même dans les temps modernes. La vanité de la civilisation est plus tourmentante que l'orgueil de la barbarie. Celui-ci voit en masse : la première examine avec inquiétude et en détail.

Les conquérans de l'antiquité, satisfaits d'une obéissance générale, ne s'informoient pas de la vie domestique de leurs esclaves ni de leurs relations locales. Les peuples soumis retrouvoient presqu'en entier, au fond de leurs provinces lointaines, ce qui constitue le charme de la vie, les habitudes de l'enfance, les pratiques consacrées, cet entourage de souvenirs, qui, malgré l'assujettissement politique, conserve à un pays l'air d'une patrie.

Les conquérans de nos jours, peuples ou princes, veulent que leur empire ne présente qu'une surface unie, sur laquelle l'œil superbe du pouvoir se promène, sans rencontrer aucune inégalité qui le blesse ou borne sa vue. Le même code, les mêmes mesures, les mêmes réglemens et, si l'on peut y parvenir, graduellement la même langue, voilà ce qu'on proclame la perfection de toute organisation sociale. La religion fait exception ; peut-être est-ce parce qu'on la méprise, la regardant comme une erreur usée, qu'il faut laisser mourir en paix. Mais cette exception est la seule ; et l'on s'en dédommage, en séparant, le plus qu'on le peut, la religion des intérêts de la terre.

Sur tout le reste, le grand mot aujourd'hui, c'est l'uniformité. C'est dommage qu'on ne puisse abattre toutes les villes pour les rebâtir toutes sur le même plan, niveler toutes les montagnes pour que le terrain soit partout égal : et je m'étonne qu'on n'ait pas ordonné à tous les habitans de porter le même costume, afin que le maître ne rencontrât plus de bigarrure irrégulière et de choquante variété.

Il en résulte que les vaincus, après les calamités qu'ils ont supportées dans leurs défaites, ont à subir un nouveau genre de malheurs. Ils ont d'abord été victimes d'une chimère de gloire, ils sont victimes ensuite d'une chimère d'uniformité.

CHAPITRE XIII

De l'uniformité

Il est assez remarquable que l'uniformité n'ait jamais rencontré plus de faveur que dans une révolution faite au nom des droits et de la liberté des hommes. L'esprit systématique s'est d'abord extasié sur la symétrie. L'amour du pouvoir a bientôt découvert quel avantage immense cette symétrie lui procuroit. Tandis que le patriotisme n'existe que par un vif attachement aux intérêts, aux mœurs, aux coutumes de localité, nos soi-disant patriotes ont déclaré la guerre à toutes ces choses. Ils ont tari cette source naturelle du patriotisme, et l'ont voulu remplacer par une passion factice envers un être abstrait, une idée générale, dépouillée de tout ce qui frappe l'imagination et de tout ce qui parle à la mémoire. Pour bâtir l'édifice, ils commençoient par broyer et réduire en poudre les matériaux qu'ils devaient employer. Peu s'en est fallu qu'ils ne désignassent par des chiffres les cités et les provinces, comme ils désignoient par des chiffres les légions et les corps d'armée, tant ils sembloient craindre qu'une idée morale ne pût se rattacher à ce qu'ils instituoient !

Le despotisme, qui a remplacé la démagogie, et qui s'est constitué légataire du fruit de tous ses travaux, a persisté très habilement dans la route tracée. Les deux extrêmes se sont trouvés d'accord sur ce point, parce qu'au fond, dans les deux extrêmes, il y avoit volonté de tyrannie. Les intérêts et les souvenirs qui naissent des habitudes locales contiennent un germe de résistance que l'autorité ne souffre qu'à regret, et qu'elle s'empresse de déraciner. Elle a meilleur marché des individus ; elle roule sur eux sans efforts son poids énorme comme sur du sable.

Aujourd'hui, l'admiration pour l'uniformité, admiration réelle dans quelques esprits bornés, affectée par beaucoup d'esprits serviles, est reçue comme un dogme religieux, par une foule d'échos assidus de toute opinion favorisée.

Appliqué à toutes les parties d'un empire, ce principe doit l'être à tous les pays que cet empire peut conquérir. Il est donc actuellement la suite immédiate et inséparable de l'esprit de conquête.

Mais chaque génération, dit l'un des étrangers qui a le mieux prévu nos erreurs dès l'origine, *chaque génération hérite de ses aïeux un trésor de richesses morales, trésor invisible et précieux qu'elle lègue à ses descendans* [1]. La perte de ce trésor est pour un peuple un mal incalculable. En l'en dépouillant, vous lui ôtez tout sentiment de sa valeur et de sa dignité propre. Lors même que ce que vous y substituez vaudroit mieux, comme ce dont vous le privez lui étoit respectable, et que vous lui imposez votre amélioration par la force, le résultat de votre opération est simplement de lui faire commettre un acte de lâcheté qui l'avilit et le démoralise.

La bonté des lois est, osons le dire, une chose beaucoup moins importante que l'esprit avec lequel une nation se soumet à ses lois, et leur obéit. Si elle les chérit, si elle les observe, parce qu'elles lui paroissent émanées d'une source sainte, le don des générations dont elle révère les mânes, elles se rattachent intimement à sa moralité ; elles annoblissent son caractère ; et lors même qu'elles sont fautives, elles produisent plus de vertus, et par là plus de bonheur que des lois meilleures, qui ne seroient appuyées que sur l'ordre de l'autorité.

J'ai pour le passé, je l'avoue, beaucoup de vénération ; et chaque jour, à mesure que l'expérience m'instruit ou que la réflexion m'éclaire, cette vénération augmente. Je le

---

(1) M. Rehberg, dans son excellent ouvrage sur le Code Napoléon, page 8.

dirai, au grand scandale de nos modernes réformateurs, qu'ils s'intitulent Lycurgues ou Charlemagne, si je voyois un peuple auquel on auroit offert les institutions les plus parfaites, métaphysiquement parlant, et qui les refuseroit pour rester fidèle à celles de ses pères, j'estimerois ce peuple et je le croirois plus heureux par son sentiment et par son âme, sous ses institutions défectueuses, qu'il ne pourroit l'être par tous les perfectionnemens proposés.

Cette doctrine, je le conçois, n'est pas de nature à prendre faveur. On aime à faire des lois, on les croit excellentes ; on s'énorgueillit de leur mérite. Le passé se fait tout seul ; personne n'en peut réclamor la gloire [1].

Indépendamment de ces considérations, et en séparant le bonheur d'avec la morale, remarquez que l'homme se plie aux institutions qu'il trouve établies, comme à des règles

---

(1) Je n'excepte du respect pour le passé que ce qui est injuste. Le temps ne sanctionne pas l'injustice. L'esclavage, par exemple, ne se légitime par aucun laps de temps. C'est que, dans ce qui est intrinsèquement injuste, il y a toujours une partie souffrante, qui ne peut en prendre l'habitude, et pour laquelle, en conséquence, l'influence salutaire du passé n'existe pas. Ceux qui allèguent l'habitude en faveur de l'injustice, ressemblent à cette cuisinière française à qui l'on reprochoit de faire souffrir des anguilles en les écorchant : « Elles y sont accoutumées, dit-elle ; il y a trente ans que je le fais. »

de la nature physique. Il arrange, d'après les défauts mêmes de ces institutions, ses intérêts, ses spéculations, tout son plan de vie. Ces défauts s'adoucissent, parce que toutes les fois qu'une institution dure longtemps, il y a transaction entr'elle et les intérêts de l'homme. Ses relations, ses espérances se groupent autour de ce qui existe. Changer tout cela, même pour le mieux, c'est lui faire mal.

Rien de plus absurde que de violenter les habitudes, sous prétexte de servir les intérêts. Le premier des intérêts, c'est d'être heureux, et les habitudes forment une partie essentielle du bonheur.

Il est évident que des peuples placés dans des situations, élevés dans des coutumes, habitant des lieux dissemblables, ne peuvent être ramenés à des formes, à des usages, à des pratiques, à des lois absolument pareilles, sans une contrainte qui leur coûte beaucoup plus qu'elle ne leur vaut. La série d'idées dont leur être moral s'est formé graduellement, et dès leur naissance, ne peut être modifiée par un arrangement purement nominal, purement extérieur, indépendant de leur volonté.

Même dans les Etats constitués depuis longtemps, et dont l'amalgame a perdu l'odieux de la violence et de la conquête, on voit le patriotisme qui naît des variétés locales, seul genre de patriotisme véritable, renaître comme de ses cendres, dès que la main du pouvoir allège un instant son action. Les magistrats des plus petites communes se complaisent à les embellir. Ils en entretiennent avec soin les monumens antiques. Il y a presque dans chaque village un érudit, qui aime à raconter ses rustiques annales, et qu'on écoute avec respect. Les habitans trouvent du plaisir à tout ce qui leur donne l'apparence, même trompeuse, d'être constitués en corps de nation, et réunis par des liens particuliers. On sent que s'ils n'étoient arrêtés dans le développement de cette inclination innocente et bienfaisante, il se formeroit bientôt en eux une sorte d'honneur communal, pour ainsi dire, d'honneur de ville, d'honneur de province, qui seroit à la fois une jouissance et une vertu. Mais la jalousie de l'autorité les surveille, s'alarme, et brise le germe prêt à éclore.

L'attachement aux coutumes locales tient à tous les sentimens désintéressés, nobles et pieux. Quelle politique déplorable que celle qui en fait de la rébellion ! Qu'arrive-t-il ? que dans tous les Etats où l'on détruit ainsi toute vie partielle, un petit Etat se forme au centre : dans la capitale s'agglomèrent tous les intérêts ; là vont s'agiter toutes les ambitions ; le reste est immobile. Les individus, perdus dans un isolement contre nature, étrangers au lieu de leur naissance, sans contact avec le passé, ne vivant que dans un présent rapide, et jetés comme des atômes sur une plaine immense et nivelée, se détachent d'une patrie qu'ils n'aperçoivent nulle part, et dont l'ensemble leur devient indifférent, parce que leur affection ne peut se reposer sur aucune de ses parties.

La variété, c'est de l'organisation ; l'uniformité, c'est du mécanisme. La variété, c'est la vie ; l'uniformité, c'est la mort (1).

La conquête a donc de nos jours un désavatange additionnel, et qu'elle n'avoit pas dans l'antiquité. Elle poursuit les vaincus dans l'intérieur de leur existence ; elle les mutile, pour les réduire à une proportion uniforme. Jadis les conquérans exigeoient que les députés des nations conquises parussent à genoux en leur présence ; aujourd'hui, c'est le moral de l'homme qu'on veut prosterner.

---

(1) Nous ne pouvons entrer dans la réfutation de tous les raisonnemens qu'on allègue en faveur de l'uniformité. Nous nous bornons à renvoyer le lecteur à deux autorités imposantes, M. DE MONTESQUIEU, *Esprit des Lois*, XXIX 18, et le marquis DE MIRABEAU, dans l'*Ami des Hommes*. Ce dernier prouve très bien que, même sur les objets sur lesquels on croit le plus utile d'établir l'uniformité, par exemple, sur les poids et mesures, l'avantage est beaucoup moins grand qu'on ne le pense, et accompagné de beaucoup plus d'inconvéniens.

On parle sans cesse du grand empire, de la nation entière, notions abstraites, qui n'ont aucune réalité. Le grand empire n'est rien, quand on le conçoit à part des provinces ; la nation entière n'est rien, quand on la sépare des fractions qui la composent. C'est en défendant les droits des fractions qu'on défend les droits de la nation entière ; car elle se trouve répartie dans chacune de ses fractions. Si on les dépouille successivement de ce qu'elles ont de plus cher, si chacune, isolée pour être victime, redevient, par une étrange métamorphose, portion du grand tout, pour servir de prétexte au sacrifice d'une autre portion, l'on immole à l'être abstrait les êtres réels ; l'on offre au peuple en masse l'holocauste du peuple en détail.

Il ne faut pas se le déguiser, les grands Etats ont de grands désavantages. Les lois partent d'un lieu tellement éloigné de ceux où elles doivent s'appliquer, que des erreurs graves et fréquentes sont l'effet inévitable de cet éloignement. Le gouvernement prend l'opinion de ses alentours, ou tout au plus du lieu de sa résidence pour celle de tout l'empire. Une circonstance locale ou momentanée devient le motif d'une loi générale. Les habitans des provinces les plus reculées sont tout à coup surpris par des innovations inattendues, des rigueurs non méritées, des réglemens vexatoires, subversifs de toutes les bases de leurs calculs, et de toutes les sauvegardes de leurs intérêts, parce qu'à deux cents lieues, des hommes qui leur sont entièrement étrangers ont cru pressentir quelques périls, deviner quelqu'agitation, ou apercevoir quelqu'utilité.

On ne peut s'empêcher de regretter ces temps où la terre étoit couvertes de peuplades nombreuses et animées, où l'espèce humaine s'agitoit et s'exerçoit en tout sens dans une sphère proportionnée à ses forces. L'autorité n'avoit pas besoin d'être dure pour être obéie; la liberté pouvoit être orageuse, sans être anarchique ; l'éloquence dominoit les esprits et remuoit les âmes; la gloire étoit à la portée du talent, qui, dans sa lutte contre la médiocrité, n'étoit pas submergé par les flots d'une multitude lourde et innombrable ; la morale trouvoit un appui dans un public immédiat, spectateur et juge de toutes les actions dans leurs plus petits détails et leurs nuances les plus délicates.

Ces temps ne sont plus ; les regrets sont inutiles. Du moins, puisqu'il faut renoncer à tous ces biens, on ne sauroit trop le répéter aux maîtres de la terre : qu'ils laissent subsister dans leurs vastes empires les variétés dont ils sont susceptibles, les variétés réclamées par la nature, consacrées par l'expérience. Une règle se fausse lorsqu'on l'applique à des cas trop divers ; le joug devient pesant, par cela seul qu'on le maintient uniforme, dans des circonstances trop différentes.

Ajoutons que, dans le système des conquêtes, cette manie d'uniformité réagit des vaincus sur les vainqueurs. Tous perdent leur caractère national, leurs couleurs primitives ; l'ensemble n'est plus qu'une masse inerte qui, par intervalles, se réveille pour souffrir, mais qui, d'ailleurs, s'affaisse et s'engourdit sous le despotisme. Car l'excès du despotisme peut seul prolonger une combinaison qui tend à se dissoudre, et retenir sous une même domination des Etats que tout conspire à séparer. Le prompt établissement du pouvoir sans bornes, dit Montesquieu, est le remède qui, dans ces cas, peut prévenir la dissolution ; nouveau malheur, ajoute-t-il, après celui de l'agrandissement.

Encore ce remède, plus fâcheux que le mal, n'est-il point d'une efficacité durable. L'ordre naturel des choses se venge des outrages qu'on veut lui faire, et plus la compression a été violente, plus la réaction se montre terrible.

CHAPITRE XIV

Terme inévitable des succès d'une nation conquérante

La force nécessaire à un peuple, pour tenir tous les autres dans la sujétion, est aujourd'hui, plus que jamais, un privilège qui ne peut durer. La nation qui prétendroit à un pareil empire se placeroit dans un poste plus périlleux que la peuplade la plus foible. Elle deviendroit l'objet d'une horreur universelle. Toutes les opinions, tous les vœux, toutes les haines la menaceroient, et tôt ou tard ces haines, ces opinions et ces vœux éclateroient pour l'envelopper.

Il y auroit sans doute dans cette fureur, contre tout un peuple, quelque chose d'injuste. Un peuple tout entier n'est jamais coupable des excès que son chef lui fait commettre. C'est ce chef qui l'égare, ou, plus souvent encore, qui le domine sans l'égarer.

Mais les nations, victimes de sa déplorable obéissance, ne sauroient lui tenir compte des sentimens cachés que sa conduite dément.

Elles reprochent aux instrumens le crime de la main qui les dirige. La France entière souffroit de l'ambition de Louis XIV, et la détestoit ; mais l'Europe accusoit la France de cette ambition, et la Suède a porté la peine du délire de Charles XII.

Lorsqu'une fois le Monde auroit repris sa raison, reconquis son courage, vers quels lieux de la terre l'agresseur menacé tourneroit-il les yeux pour trouver des défenseurs ? à quels sentimens en appelleroit-il ? quelle apologie ne seroit pas discréditée d'avance, si elle sortait de la même bouche qui, durant sa prospérité coupable, auroit prodigué tant d'insultes, proféré tant de mensonges, dicté tant d'ordres de dévastation ? Invoqueroit-il la justice ? Il l'a violée. L'humanité ? il l'a foulée aux pieds. La foi jurée ? toutes ses entreprises ont commencé par le parjure. La sainteté des alliances ? il a traité ses alliés comme ses esclaves. Quel peuple auroit pu s'allier de bonne foi, s'associer volontairement à ses rêves gigantesques ? Tous auroient sans doute courbé momentanément la tête sous le joug dominateur ; mais ils l'auroient considéré comme une calamité passagère. Ils auroient attendu que le torrent eût cessé de rouler ses ondes, certains qu'il se perdroit un jour dans le sable aride, et qu'on pourroit fouler à pied sec le sol sillonné par ses ravages.

Compteroit-il sur les secours de ses nouveaux sujets ? Il les a privés de tout ce qu'ils chérissoient et respectoient ; il a troublé la cendre de leurs pères et fait couler le sang de leurs fils.

Tous se coaliseroient contre lui. La paix, l'indépendance, la justice, seroient les mots du ralliement général ; et par cela même qu'ils auraient été longtemps proscrits, ces mots auraient acquis une puissance presque magique. Les hommes, pour avoir été les jouets de la folie, auroient conçu l'enthousiasme du bon sens. Un cri de délivrance, un cri d'union, retentiroit d'un bout du globe à l'autre. La pudeur publique se communiqueroit aux plus indécis ; elle entraîneroit les plus timides. Nul n'oseroit demeurer neutre, de peur d'être traître envers soi-même.

Le conquérant verroit alors qu'il a trop présumé de la dégradation du monde. Il apprendroit que les calculs, fondés sur l'immoralité et sur la bassesse, ces calculs dont il se vantait naguère comme d'une découverte sublime, sont aussi incertains qu'ils sont étroits, aussi trompeurs qu'ils sont ignobles. Il riroit de la niaiserie de la vertu, de cette confiance en un désintéressement qui lui paroissoit une chimère, de cet appel à une exaltation dont il ne pouvoit concevoir les motifs ni la durée, et qu'il étoit tenté de prendre pour l'accès passager d'une maladie soudaine. Maintenant il découvre que l'égoïsme a aussi sa niaiserie, qu'il n'est pas moins ignorant sur ce qui est bon que l'honnêteté sur ce qui est mauvais ; et que, pour connaître les hommes, il ne suffit pas de les mépriser. L'espèce humaine lui devient une énigme. On parle autour de lui de générosité, de sacrifices, de dévouement. Cette langue étrangère étonne ses oreilles ; il ne sait pas négocier dans cet idiôme. Il demeure immobile, consterné de sa méprise, exemple mémorable du machiavélisme dupe de sa propre corruption.

Mais que feroit cependant le peuple qu'un tel maître auroit conduit à ce terme ? Qui pourroit s'empêcher de plaindre ce peuple, s'il étoit naturellement doux, éclairé, sociable, susceptible de tous les sentiments délicats, de tous les courages héroïques, et qu'une fatalité déchaînée sur lui l'eût rejeté de la sorte loin des sentiers de la civilisation et de la morale ? qu'il sentiroit profondément sa propre misère ! Les confidences intimes, ses entretiens, ses lettres, tous les épanchements qu'il croiroit dérober à la surveillance, ne seroient qu'un cri de douleur.

Il interrogeroit, tour à tour, et son chef et sa conscience.

Sa conscience lui répondroit qu'il ne suffit pas de se dire contraint pour être excusable, que ce n'est pas assez de séparer ses opinions de ses actes, de désavouer sa propre conduite, et de murmurer le blâme, en coopérant aux attentats.

Son chef accuseroit probablement les chances de la guerre, la fortune inconstante, la destinée capricieuse. Beau résultat, vraiment, de tant d'angoisses, de tant de souffrances, et de vingt générations balayées par un vent funeste, et précipitées dans la tombe !

CHAPITRE XV

Résultats du système guerrier à l'époque actuelle

Les nations commerçantes de l'Europe moderne, industrieuses, civilisées, placées sur un sol assez étendu pour leurs besoins, ayant avec les autres peuples des relations dont l'interruption devient un désastre, n'ont rien à espérer des conquêtes. Une guerre inutile est donc aujourd'hui le plus grand attentat qu'un gouvernement puisse commettre : elle ébranle, sans compensation, toutes les garanties sociales. Elle met en péril tous les genres de liberté, blesse tous les intérêts, trouble toutes les sécurités, pèse sur toutes les fortunes, combine et autorise tous les modes de tyranie intérieure et extérieure. Elle introduit dans les formes judiciaires une rapidité destructive de leur sainteté, comme de leur but ; elle tend à représenter tous les hommes que les agens de l'autorité voient avec malveillance comme des complices de l'ennemi étranger : elle déprave les générations naissantes ; elle divise le peuple en deux parts, dont l'une méprise l'autre, et passe volontiers du mépris à l'injustice ; elle prépare des destructions futures par des destructions passées ; elle achète par les malheurs du présent les malheurs de l'avenir.

Ce sont là des vérités qui ont besoin d'être souvent répétées ; car l'autorité, dans son dédain superbe, les traite comme des paradoxes, en les appelant des lieux communs.

Il y a d'ailleurs parmi nous un assez grand nombre d'écrivains, toujours au service du système dominant, vrais lansquenets, sauf la bravoure, à qui les désaveux ne coûtent rien, que les absurdités n'arrêtent pas, qui cherchent partout une force dont ils réduisent les volontés en principes, qui reproduisent toutes les doctrines les plus opposées, et qui ont un zéle d'autant plus infatigable qu'il se passe de leur conviction. Ces écrivains ont répété à satiété, quand ils en avoient reçu le signal, que la paix étoit le besoin du Monde ; mais ils disent en même temps que la gloire militaire est la première des gloires, et que c'est par l'éclat des armes que la France doit s'illustrer. J'ai peine à m'expliquer comment la gloire militaire s'acquiert autrement que par la guerre, ou comment l'éclat des armes se concilie avec cette paix dont le Monde a besoin. Mais que leur importe ? Leur but est de rédiger des phrases suivant la direction du jour. Du fond de leur cabinet obscur, ils vantent, tantôt la démagogie, tantôt le despotisme, tantôt le carnage, lançant, pour autant qu'il est en eux, tous les fléaux sur l'humanité, et prêchant le mal, faute de pouvoir le faire.

Je me suis demandé quelquefois ce que répondroit l'un de ces hommes qui veulent renouveler Cambyse, Alexandre ou Attila, si son peuple prenoit la parole, et s'il lui disoit : La nature vous a donné un coup d'œil rapide, une activité infatigable, un besoin dévorant d'émotions fortes, une soif inextinguible de braver le danger pour le surmonter, et de rencontrer des obstacles pour les vaincre. Mais est-ce à nous à payer le prix de ces facultés ? n'existons-nous, que pour qu'à nos dépens elles soient exercées ? Ne sommes-nous là, que pour vous frayer de nos corps expirans une route vers la renommée ! Vous avez le génie des combats : que nous fait votre génie ? Vous vous ennuyez dans le désœuvrement de la paix : que nous importe votre ennui ? Le léopard aussi, si on le transportoit dans nos cités populeuses, pourroit se plaindre de n'y pas trouver ces forêts épaisses, ces plaines immenses, où il se délectoit à poursuivre, à saisir et à dévorer sa proie, où sa vigueur se déployoit dans la course rapide èt dans l'élan prodigieux. Vous êtes comme lui d'un autre climat, d'une autre terre, d'une autre espèce que nous. Apprenez la civilisation, si vous voulez régner à une époque civilisée. Apprenez la paix, si vous prétendez régir des peuples pacifiques : ou cherchez ailleurs des instrumens qui vous ressemblent, pour qui le repos ne soit rien, pour qui la vie n'ait de charmes que lorsqu'ils la risquent au sein de la mêlée, pour qui la société n'ait créé ni les affections douces, ni les habitudes stables, ni les arts ingénieux, ni la pensée calme et profonde, ni toutes ces jouissances nobles ou élégantes, que le souvenir rend plus précieuses, et que double la sécurité. Ces choses sont l'héritage de nos pères, c'est notre patrimoine. Homme d'un autre monde, cessez d'en dépouiller celui-ci.

Qui pourroit ne pas applaudir à ce langage? Le traité ne tarderoit pas à être conclu entre des nations qui ne voudroient qu'être libres, et celle que l'univers ne combattroit que pour la contraindre à être juste. On la verroit avec joie abjurer enfin sa longue patience, réparer ses longues erreurs, exercer pour sa réhabilitation un courage naguères trop déplorablement employé. Elle se replaceroit, brillante de gloire, parmi les peuples civilisés, et le système des conquêtes, ce fragment d'un état de choses qui n'existe plus, cet élément désorganisateur de tout ce qui existe, seroit de nouveau banni de la terre, et flétri, par cette dernière expérience, d'une éternelle réprobation.

LA FLÈCHE. — IMPRIMERIE CHARIER-BEULAY.

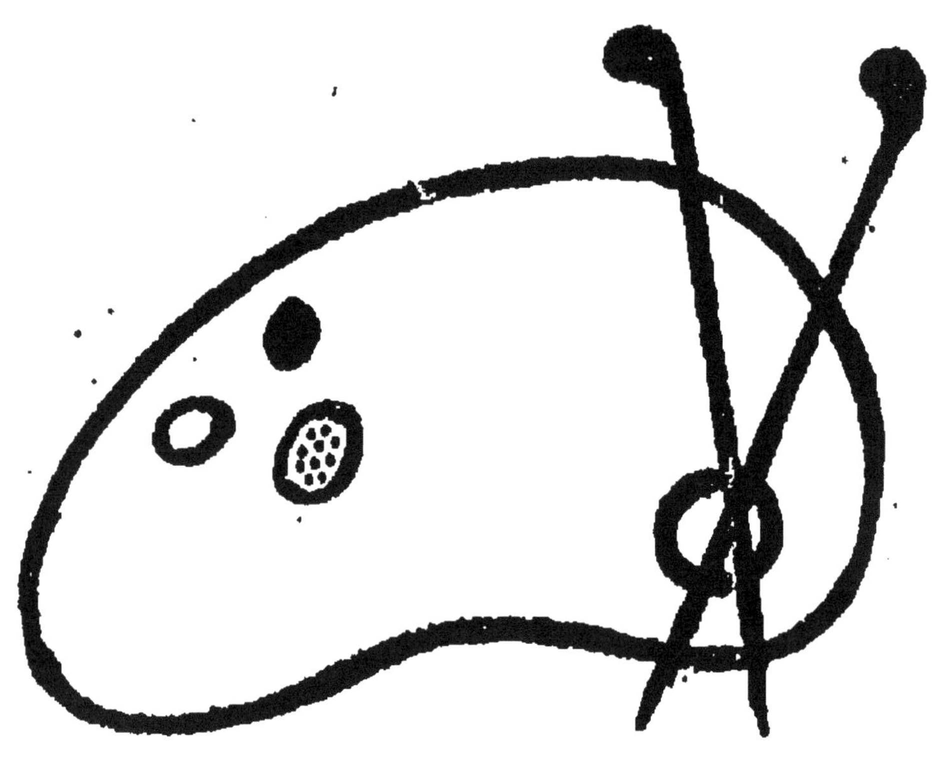

www.ingramcontent.com/pod-product-compliance
Ingram Content Group UK Ltd.
Pitfield, Milton Keynes, MK11 3LW, UK
UKHW020407230726
13925UKWH00003B/1296